如许的静寂中

涤去阴郁的贫瘠

消融在充盈的额际

让我擎着一片如墨的温馨

与最好的你

遇见

Q I Y U A N

憩园

马晓燕·著

黄河出版传媒集团
阳光出版社

图书在版编目（CIP）数据

憩园 / 马晓燕著. -- 银川：阳光出版社, 2017.7

ISBN 978-7-5525-3743-7

Ⅰ. ①憩… Ⅱ. ①马… Ⅲ. ①诗集－中国－当代 Ⅳ. ①I227

中国版本图书馆CIP数据核字(2017)第156257号

憩园

马晓燕 著

责任编辑 王佐红 晨 皓
装帧设计 晨 皓
责任印制 岳建宁

黄河出版传媒集团 阳光出版社 出版发行

出 版 人 王杨宝
地　　址 宁夏银川市北京东路139号出版大厦（750001）
网　　址 http://www.ygchbs.com
网上书店 https://shop129132959.taobao.com
电子信箱 yangguangchubanshe@163.com
邮购电话 0951-5014139
经　　销 全国新华书店
印刷装订 宁夏凤鸣彩印广告有限公司
印刷委托书号 （宁）0005567

开　　本 787mm×1092mm　1/16
印　　张 12.5
字　　数 145千字
版　　次 2017年7月第1版
印　　次 2017年7月第1次印刷
书　　号 ISBN 978-7-5525-3743-7
定　　价 21.80元

序

周占忠

21世纪的诗歌已被读图时代的影像挤向边岸，缪斯之神陶冶心灵的光晕已黯然失色。作为文学的一种形式，诗歌本来就具有其他文体不可替代的优势，其丰沛的情感体验、高雅的审美品位、华美的音节韵律，曾燃起多少文人墨客心头激荡的情思，曾带给读者多少美好的享受和愉悦，为人类搭建起了一个缤纷绚烂的人文精神驿站和心灵家园。

就诗的本质而言，诗歌是诗意存在的家园，是文化积淀的结晶，是生命光辉的灼射，是人类情感喷发的形式，是人类文明和智慧的象征。诗歌是各式文学长河里叫声永远清脆的夜莺，诗歌是文化花园里怒放不衰的玫瑰。诗歌是语言的皇冠，是黑夜里闪烁的明灯。

因此，诗歌的神圣使命是让诗意拥有一个固定的家园与故乡：诗意可以离开诗歌去云游四海，可以远赴哲学与宗教之中去寻亲，也可以近趋小说、散文与戏剧之中去访友；诗意可以上摩云天随风逐雾，也可以下入红尘依凡就俗……诗意就是这样一种云来鹤往的东西，但有一个永远属于它的老家：诗歌。

柏拉图曾断言，存在着一种有诗神凭附而来的“迷狂”：“它凭附到一个温柔贞洁的心灵，感发它，引它到兴高采烈神飞色舞的境界，流露于各种诗歌……”。他还说：“若是没有这种诗神的迷狂，无论谁去敲诗歌的门，他和他的作品都永远站在诗歌的门外，尽管他妄想单凭诗的艺术就可以成为一个诗人。”在诗歌创作中，确实存在着“感兴”诗人而令他兴高采烈与神飞色舞的因素，但并不是神的力量，而是遗传禀赋的自然流泻。

中国古代的哲人也曾描绘过诗歌创作起始的这种“迷狂”状态。远在传说中的尧舜时期，虞舜界定说：“诗言志，歌永言”。《毛诗序》中说：“诗者，志之所以也，在心为志，发言为诗，情动于意而形于言……”这里的“志”即诗人的“怀抱”。

晋朝的陆机说：“诗，缘情而绮靡。”（《文赋》）他强调情感是诗歌创作的基本出发点，诗歌语言的特性在于提炼加工和富于文采，诗歌的内核：“绮靡”，是诗歌的表现形式。南朝的刘勰在《文心雕龙 · 情采》中也明确说：“诗人篇什，为情而造文”；又指出：“繁采寡情，味之必厌”。唐代白居易也说：“感人心者，莫先乎情，诗者，根情，苗言，花声，实义。”（《与元九书》）

可见，即使你活了一千岁，也未必就算得上是长寿，假如你心中没有诗，生命的历程不是以时间长短来测量，而是以人所经历的情绪强度的总和而定，情绪中最纯最有质量的，是情感的审美彰显，愉悦抒发，愤怒倾诉，生命，只有在诗的纯审美性、娱乐性、教谕性、认知性、实用性里才发出最美最动人的情感光晕。

根据诗的“诗言志”与“缘情而绮靡”的特点，诗可以分为：元诗（纯审美的）、阳性诗（趋向于纯审美但偏重纯娱乐）、阴性诗（趋向于纯审美但偏重于伦理性与认知性）、泛性诗（只重实用性），它们之间，相互对立，相互融合，相互补充，相互转化。阳性诗可分为：内倾性阳性诗与外倾性阳性诗。

阅读中学语文教师马晓燕的诗集《憩园》，不用说，读者自然会感受到大都是阳性诗，女诗人不仅仅看重词与词之间的关系所产生的纯审美愉悦效果，还在这阳性诗中寄托着女诗人从灵魂深处流淌出来的情思。阅读诗集《憩园》，你不能不感受到性情温婉的女诗人激情奔突的审美灵动；阅读诗集《憩园》，你不能不为其中记录下的发自志趣高雅女诗人灵魂深处的咏唱而激越亢奋；阅读诗集《憩园》，你不能不为情感细腻的女诗人在诗中所流露的真挚情感而神悸魂悚。无论是从女诗人宽博的胸腔里凄楚的灵魂，还是从五辑现代诗句与一辑散文诗行间流泻出的鲜活青春魅力，奔涌出的激越情感能量，流淌出的宛如炽烈太阳酣畅淋漓地刺射虚伪背后潜藏着的丑恶灵魂；不论是捕捉社会现实中跪倒在偶像下奴隶般的抽泣，还是倾诉穿裤子的文明流出的裸猿的血腥；不论是对自然、社会、人生、生活、生命、童趣、友情、亲情、爱情、思想的欣羡，还是对天地、日月、江河、山川、风物、季节、鸟雀、虫鱼、花草、琴棋、笔墨、纸砚、街巷、居室、暗夜径旁的情真意切的轻唱；不论是恋人怀中静谧的绵绵絮语，还是泪眼迷蒙时的恬美笑声，都成为林中的响箭，初春的惊雷，只是轻露结胎还不够鲜艳夺目，还不够光焰灿灿，只是初次绽放弥香，还没有响彻文坛，还没有被文朋诗友接纳播扬，因为这只是来自潜隐于城市街道巷陌的灵魂低语。

这本《憩园》诗集，没有压卷诗，没有权威诗，因为每一首都可能是情感、情怀、情思、情趣、情调、情韵、情致的审美点染，从灵魂彼岸呼唤出来的清词丽句。这就像你站在一道园门前，借哪一段时光，凭哪一种心绪，来窥探诗园里的初次绽放的花朵，不论是借助视觉、听觉、嗅觉、味觉与触觉，还是依凭审美直觉，你自个儿选择吧，每一种选择里都会有一种美的快感，美的兴奋，美的愉悦，如扣弦的清响：那就是你心灵的回声，只属于你，别人永远不会企及。

不论翻阅哪一辑，现代诗与散文诗句行间都幻化出中外传统诗歌依丽的背影：面对蓝天大海，荷马歌唱经久不息；李白的醉吟余音绕梁；缪斯之神的浪漫、豪放、炽烈、豪迈、睿智会划破漫漫长夜，穿越历史的长河，来到人们的心灵驿站……不论翻阅哪一辑诗与散文，诗句行间都蕴藉着女诗人对人类农耕文明晨钟暮鼓的顾念，对后工业文明背景幕布后喧嚣的忧虑，对信息文明与新能源文明背后物质至上的忧患……

的确，金钱关系已经裹挟了现代人类的灵魂，经济效益蒙蔽了现代人类的感官，感受缪斯之神的灵性翅膀怎么也飞翔不起来，为了物欲享受的追求，人们放弃了对生命本真的感受和体悟，歌词、广告语、祝词、碎片微信满足着低头族当下的物质欲望的膨胀，尊重生命的神圣、崇尚生命的感动被信息化的节奏，抛弃在荆棘丛生的彼岸……

其实，人类需要缪斯之神，人类需要感受生命的神圣，需要感悟情感的感动，需要精神的慰藉，需要拥有超越喧嚣与骚动的终极价值目标，需要重返童贞、稚趣、痴情、笃行、和合、散淡、仁德、求道、豁达、皈依的境界……

一个丧失诗歌的民族是最可悲的民族，是急功近利的民族。中华民族一天也离不开诗歌的抚慰，21 世纪的中华民族，更需要缪斯之神来感受历史，感受灵性，感悟境界，寻求力量，放飞梦想。

相信你，相信你自己，相信你的审美判断力，只要你的心是真诚的，像诗人一样透明，那么，心与心之间的搏动频律就总会有相同的时刻，是在那一刹那间，犹如电闪雷鸣，就会对刚刚出胎的这个新生婴儿:《憩园》诗集，少一些斜睨，鄙视，轻蔑，甚而敌意……

文朋诗友们，诗人要与世俗保持一定的审美距离，要学会在寂寞的边缘处弹唱，亲近灯盏与思想火炬，在母亲河岸，《憩园》诗集悄然面世了，她将以鲜活温润的小手，与你，与我，与他握手，交流，把心灵的感悟、激情的火焰与思想的火炬交给蓝天绿野，交给读者，也交给文朋诗友们。

2017 年 3 月 31 日

周占忠，笔名逸夫，闵贻。回族，宁夏回族自治区九届人大代表，现任吴忠市教育局副局长、调研员，吴忠市作家协会副主席，宁夏作家协会会员，中国诗歌学会会员，中国乡土作家协会理事。出版专著:《文学鉴赏与心理》《心灵的皈依，文化的孤独——在文学极限处的张承志引论》《飞泻诗魂的季节》，另著:《浩浩中华赋》《穿越生命的激情地带》《守望灵魂的歌》《拯救与皈依——伦理与教理的文化比较引论》《人生诸境界》《神奇的关键期》等23部著作(待出版)。传略入录《国际名人录》《中国记录年鉴》等65部辞书。

为了忘却的记忆（自序）

人生已经过半，可我仍旧觉得时光不停地给予我馈赠和考验。那些被岁月搁浅的青春记忆和情感磨砺的光阴就像既望之月时常充盈心头——天真、磊落、明媚亦忧伤。不惑之年仍有诸多困惑，一切皆是成长的不完美，尽管我也知道这世间所有的美学意义在于一一逝去，但人总该有所记忆。

写作永远滞后于成长，因为精神成长滞后于生理的成长，像所有普通的人离开校园，以澄澈、清明之心步入社会，成立家庭，初阅人生百态，但仍旧珍存着童贞的意趣去爱这个世界，去抒怀吟咏，是我们心之所望。《青春之歌》是我对九零后、零零后早恋风暴的描摹和释怀。这些年，在陪伴他们成长的过程中，有多少家长兵荒马乱，有多少孩子无助饮泣甚至绝世而去，这些惊悚的消息让我久久无法释怀，也深深体会到成长并不是一件快乐、幸福的事情。也许我们至今无法理解这些标榜为幸运儿的独生子女的一代，也找不到正确的教育理念和方法，在充满眼泪、期许、遗憾、美好和希望的姿态中渐渐顿悟。我们和孩子都需要成长的时间过程，有些急于求成的希望可以交给时间，因为没有什么最终能敌得过时光的啮噬。如今我只是想通过当年我们内心的感触，让青春的笔触漫过他们内心的困顿，迷茫和阴郁，寻找到青春真正存在的价值，让人们懂得：

那些在青春时光被伤害过的、看得见的伤口，终有一天会痊愈；青春也像一日之霞光，冰清玉洁，转而即逝，也因此永生难忘。以此诚恳地表达我对所有正在成长的孩子们的祝福！感谢并感恩所有曾经给予我快乐和幸福的人！祝福我的宝贝女儿，这是我送给你的一份成人礼，祝愿你以后漫长的人生道路风和日丽！

诗歌隶属于青春，但不只囿于青春。有些执念一晃而过，失去的也许是当时的心情，但在旧时光里总会留下点点滴滴的印痕。那些朴素的情感和灰色的理念都会以一种你不可估量的形态出现在你敏感而多思的年华里，有些被人们捕捉到了变成璀璨的艺术样式，诗歌就是其中的一种。如今在不惑之年将自己这些透着生动又深刻的悲喜、切肤的领悟呈现，足以装点我的生活，点亮我的心灵，因着这份喜欢吧！希望这些经不起理性打磨的文字，能够以最原始本真的情感——热泪、遗憾、美好、憧憬和希望来纪念我们逝去的最珍贵的岁月。

目录

▼第一辑 回溯

▼第二辑 乡心

▼第三辑　爱意

▼第四辑　情深

▼第五辑　未了

▼第六辑　青春之歌

CHAPTER | 1

第一辑

回溯

那些天真的、跃动的、抑或沉思的灵魂，在繁华与喧嚣中，被镌刻上深深浅浅、或浓或淡的印痕，不可后退也无可更改。

父亲

被你举过头顶的每一阙眼笑
都是我此生再无的欢欣
布满阳光细碎的眼角的折痕
是你这份职业艰辛的哲学
我终于在不惑之年将它参悟
重获新生
因为仰望
娇宠也过于专情
深夜加长了深邃的河流
你像个殉道者的影子
不能撂下负重的顾盼
与我保持着眼睛和心的距离
念念不忘
你也会在我归家的每一个黄昏
悄悄窥探我的余晖
摸索，瞭望，嬉笑也哀叹
固执地将沉默遗传给我
这被冠名为无言的爱

却让我荡气回肠

肝肠寸断

其实

在我心里早已矗立起一座丰碑

镌刻着一个从来不曾衰老的童话

叫父亲

我分明看见月亮擎着双手将你送给我

擎着高月的晚上
我和姥姥踱着生命的时钟
分分秒秒
痛苦着
期待着
迎接你的到来

月亮出奇的明亮和硕大
姥姥说
月圆的孩子
是造物主的恩宠
我却将你诅咒
为何不快出来召见你的母亲

产房外焦灼的爸爸
被皎洁的月光淹没在绝望中
无能为力的爸爸啊
我俯视着你的温床

硬邦邦的没有动静
无法掩饰我的疼痛
我屏住呼吸
努力地想把你叫嚣出来
你仍然悄无声息
且鄙视一切喧嚣

我知道你的到来和你的出走
都会是不同寻常
于是
我坐在月亮下暗暗祈祷
就像十个月前
我虔心举义
温柔地祈求施散一个属于我的生命
再经我之痛的颂歌来到这个世界
我安静疲倦地等待

凌晨一点五十分
月色漫过姥姥温情憔悴的双目
来来回回抚摸着你的温床
那被汗水打湿的我的额头
烙下撕裂的沟沟坎坎
爸爸摩挲着沙哑的嗓音
几欲失声地问候着你
关注着你

刹那间

一股洪流将你高扬

我分明看见月亮擎着双手将你送给我

你唱着生命的胜利之歌来了

响亮而澄澈

我用泪水迎接了我勇敢的孩子

那个用生命蓄积力量

一路欢唱的孩子

我的孩子

时光

心念如此辽阔
恰如我
来来回回
挽手相谢
时光的渡口
声泪俱下
我们都不曾辜负
人生至此
怎不生爱

十月的怀想

阳光的少女
初秋出门
去邂逅苍茫逝水带走的英雄
她飘逸的长发是千条万条悠悠流贯的沙川
柔软凝脂的背脊是五岳
是阴山
是祁连
温柔起伏的胸膛隐约洲上
玻璃般的邃眸隐含了多少辛酸的血泪史
于雄浑的西部回望历史
以候鸟的姿式唱出民族魂
沿五谷归仓阡陌密布的江南
翻过尘土飞扬的北疆
黯然愤怒中
孕育了常青的江水
澄碧的锦水
怒吼的黄河水
……

美丽的少女啊
你纤细的手臂
从东北的谷仓到长江的沿岸
握住了多少清甜的涓流
你可曾忆起北平的紫禁城
湖南的岳阳楼
青海的柔美
西湖的娟秀
长江的浩茫
黄河的雄浑

你放弃陈词和忧伤的露珠
抖落尘埃和一身的沧桑
继续寻找
然后衰老
春天的阳光
照到饱经磨难的心上
在漫漫的旅途中
脚下的黄土终踏成不朽
你们相遇了……

麻雀的春天

麻雀莫名其妙地瞅着我
啾啾
不是没有缘由
却也明明知道
这是不变的事实
春天来了
又走了
留下的还是孤零零的它
和挥也挥不去的稻草人
此时此刻
很想念
很想念那个时候
那时候
再也不回的春天

海棠花

太奶奶的名字是海棠阿姑
就像很久以前妈妈窗台上摆放的海棠花
常常在深夜里将我抚摸
那个静坐一角的海棠阿姑
多像四季吐蕊的花神
与山川河流共仰天地
心意静渚
而我
是海棠的一叶一叶
留一半阳光去暖
留一半月色去爱
还留一半给海棠阿姑
最后的最后都留给你
修复岁月的罅隙
浣洗额际的眉伤

月

用一碗心月

盛满半世清香

端给御苑深处多难的母亲

只看一眼

银河的缺口都打开

——回家的路

朝阳北路

17 岁的那年夏天
朝阳北路
我们一起
在阿基米德的公式里寻找你被嘲笑的焦点
在欧姆定律里看见我的短路
在美利坚合众国的语言里窥视他们的窘迫
在唐诗宋词里徜徉我们的浅薄
扶着斜阳的余光
走了很久
脚步越走越清晰

17 岁的那年夏天
朝阳北路
我们一起
用一阙颜笑掀起了一场早恋的风雨
用一纸书信吹皱了母亲额上的笑纹
用一场酣梦惊动了老师言中的戒律
用一份答卷结束了青春懵懂的日月

迎着阳光

在秦水河畔

走了很久

河水越走越明朗

17 岁那年夏天

朝阳北路

我们在同一个站台

背对背分离

17 年后的春天

朝阳北路

风筝漫天

逃

鸽子在十四楼檐角张望了一宿
隔着玻璃暗自祷告
将你的眉眼刻入骨血
害怕来生忘记
雨终于停了
一切都静了下来
恕它不掩忧伤
拿掉了天空所有的顽疾
跌跌撞撞一路欢唱
把这几十年光阴都不曾握住的风和已尽的泪水
唱得暗哑
然后慢慢拼揍回人形
端详着这封没有回执的信
逃

看病

昨夜夏雨恩泽
院落唯色凋敝
疼了一宿的神经
听雨
看雨也叹雨
在病舍看到人世淡漠
一对贫苦的病人
沉默着在等膀胱爆裂
也是啊
干脆地来
骤然地来
爬上爬下
大汗淋漓
听这一天一地的萧然
听筒终于有声
无恙
身下的心境
亦不过如此

白衣天使迷醉这床上的红尘

翻身而下

从心底里抽出疼痛

拂过逼仄的病床

轻轻地弹去

我明白

生活中的冷漠和生硬
你都会在一朵花
一片阳光中找解释
那一朵朵芳香
一片片细碎的金黄
都会牵走你一个个美好的心愿
这
我都明白

演员

悲剧把美好的东西毁灭以前
我们顺着别人的谎言
一遍一遍在演
谁是谁的潜台词
没有舞台
演绎的剧目
一出一出
《费加罗的婚礼》
《人在穷途》
《杜十娘怒沉百宝箱》
终场结束
观众只有一个没有防备的灵魂
哭也哭不出来

写给 Mr.Li

当记忆翻墙而过
厚重袭来
泪水也变得浑浊
我拿着你给我画的素描
不肯承认
这么热爱色彩的艺术家
生命耗尽却只剩下
苍白
说谎——我宁愿相信谎言
这十年我们都活在你的谎言中
走出你的病房
我们都哭了
多么年轻的脸
险恶的词
滤过红润和气血
画纸上的一笔一划
哀悼着你留给我们的
笑语

欢声

想念你

年轻的画家

（Mr.Li：大学校友兼同事李文清，已故。）

多年以后

多年以后
我想回到宋朝
古道有柔骨侠肠的勇士
不畏雪峰凛冽
独登官道
踢踏万里也有瘦马当前
以行其志
如今只剩下玉糁羹碧筒酒
英魂随风去罢了
男儿却是一掬软泥骨
古宅渊源也有佳人女子
从良任便落笔风生
不媚物欲权贵
恃才多艺习文赋诗
如今南开朱门北望青楼
身世如谜贞善去矣
多年以后
雨天长

云霾重

四十根扇骨一收

记忆都丢却

苏东坡

白发苍颜
著人情态
就这么走了进来
一个冬天我一直和你对峙
浔阳千尺水
黄州菊花落
浑涵光芒
书声之琅琅
情韵之切切
雄世千年
自作一家
我想化作雪人
还你千古英灵之气
高
旷
达

那一年

那一年
五张仓皇的小脸
贴着窗纸
扒开的纸洞
透着心碎的光亮
惊散了的星星
四分五裂
隔着窗纸相互慰藉
几声巨响
秃墙之外
姥爷被高高悬起
这声音
一个劲地往外奔走
跨过黄河
越过贺兰山

那一年
姥姥驮着沉重的心肝上了北京

舅舅轻轻倚着门墩

整日整夜地向外张望

妈妈抱着炕上的枕头

一遍一遍地抚摸

那一年的风雨

都飘摇

巨大的眼泪淹没了整个村庄

那一年

月亮看见五十六只鸽子

每一只鸽子的眼睛都是

鲜红的血色

青春（一）

青春不是桃之夭夭
不是丹唇
也不是柔膝弱骨
青春是昂扬在角落里
炙热的风
六月
滂沱泥泞的桥上
曦晨落日
人们呼唤你的名字
而你的名字已在云颠之外
你那曾被唤作永恒的气息
现在人们叫做
青春无敌

青春（二）

描述旧时光的文字
一寸寸潦草慌张地长大
那时候遇到的你们
是一道道照进我额头的光线
相遇之前
离别之后
再未曾见到比你们更年轻的脸
如今醒来
已在青春的彼岸
少年老像
旅途漫长
我一个个想起你们的名字
连缀成星辉
光年之外
走得匆忙的段落
终学会了悼念之辞

CHAPTER | 2

第二辑

乡心

循着深深浅浅的足迹，
山川俱静，江水俱沉，
而故乡湾在心上荡起点
点涟漪。

与夜书

太阳将万物稳妥地抚慰之后
夜便一路壮阔下去
夕阳驮起呜咽的海
淌过溪流
跨过山脉
一路打探家乡的气息

绯红的瑶琴洒下的音色
一闪一闪
子期啊
你可曾吟诵到夜的叹息
这家书
也裹进了伯牙思念的潮

又见秋风
夜铺纸伸笔
为书一封家书
行将肃立
合夜 合乐

月下语

悬碧月玦的深情
望了一眼银河的沙砾
却碰疼了整个天宇
于是它藏了一些月光
给流浪的孤儿
原乡的路途
还是那么久远
我还在赶路
其实我和你都缺失了一个满满的月亮
那时候我们都还年轻
月亮也有伤口
我们都无法抵挡暗哑
我时常坐在高高的苹果树下
听妈妈吟唱
而月亮也会趴在你的肩上恸哭
这人世间的事儿
就是这样
满了

缺了

缺了

又满了

就像今夜

你对我说

我们将月亮还圆

过冬

俄罗斯妈妈不怕冬天
我没有母亲
我就想要个俄罗斯奶娘
就够了
冬天太冷
我冻得不成人样
躯体像页宣纸
透着光亮
她硕大的奶头挂满梦魇的星星
我在银河的转弯处迷路
星辉相互取悦之后
我总能喝够她的鲜奶
重返人间
挺直胸膛
做回人样
过冬

默

透过窗外

我看见你躲在云端

吹泡泡

充盈

而后破灭

碎银一地

每一朵都写着默

还有

一匹驰骋海域的老马

骨血软泥

载不动

许多愁

风经过

马鬃纷纷落下

下陷成雨

无声的雨

消失在夜色中

黑夜将这匹马带回了家

默默地

躺在我的旁侧

目光依靠在我的肩头

这样

就好

我替你揩拭

两行清泪

默

默是故乡

地下就是原乡

沙枣花

花影斑驳的枝头
唯独看不到你的身姿
只嗅到
淡淡的
淡淡的
却深入灵魂的幽香
古老的黄沙大地
只有你在天涯独栖
暗吐生命的悲欢
骨血荒凉
坚毅
悠长
也芳香沙海
也再不能忘怀
也再不西归的汉子

绣球花

虽有玫瑰的色彩
终被冠以绣球的臭名
有人说
你的花语
与爱情有关
所以我独独将你喜爱
红的
我许你晚霞出浴的新娘
白的
我奉你为白雪莹洁的天使
蓝的
我爱你深沉哲思的光芒
总之
你以你不可一世的绽放
铺开了四季的诉说：
我来了
就要美丽

五月槐香

最浓的春色
开了一世纯白
采撷银线当织娘的额头
人们在你的诗行里
写下乡愁

多少年啊
多少年来
虬根深嵌香海
人们穷其仰望
终于在你的怀中
收获如雪的乳香
妈妈啊
从此
甜甜蜜蜜
口口相传

秋风

一到秋天
我就怀疑我的身体开始漏风
落叶经过的时候
呼呼作响的思念
劝也劝不住地四下飞扬
打听乡音
巷子里的母亲
裹着三四个月的孩子
还有半脱的愁怨
卧着
战火刚刚经过
连同秋风
人和落叶一样
剩下的经脉
高悬于枝头

笔

阔别太久

眉宇间一切如故

耿直的身子顶着尖锐的芯子

形容依旧

只是失去了端正的声音

哽咽多时

欲言又止

这一季

秋雨下得绵长

笔下

乡情难懂

乡音难书

鱼

你竟做了画中人
圣水灵光中的细吟
和着谁的清喟
一生客寄他宅的女孩子
还没成形
居然做了一尾戏游人海的美人鱼
我难以下咽
撕碎了鱼骨
从此不再食鱼

你是我的一枚太阳

那年的六月
我从兵荒马乱的战地归来
你含泪不语
只一眼
将纯蓝嵌入我无边的苦海
每一缕海风都氤氲着柔波
每一片浪花都荡漾着温情
从此以后
光阴沉静了十年、二十年
你成了我的另外一枚太阳
在我之上
怯懦
苦难
还有深深的仇恨
都在疗愈

因为一束狗尾巴草

应该和贝贝是近亲吧
那只葬在苹果树下的退役警犬
我将握在手指上的一大束狗尾巴草
挠了挠它的鼻子
它疯了似的四下张望
兴奋
愉悦
也迷茫
那样的辰光多好
苹果树叶闪烁着妈妈的汗水
它用舌头舔了又舔
我痴痴地笑
它困惑地看着我
人类的汗水是咸的
和眼泪一样的味道
天上飘来一张脸
心满意足的一张脸
我将那束狗尾巴草重新编成花环

戴在了它的脖子上回家

回家找妈妈

CHAPTER | 3

第三辑

爱意

爱是最柔情的，也最缠绵，万物的情色，羞涩而矜持，恰如你心上的玫瑰，用时间的刻度，温暖了你，也温暖了时光。

姥姥的后花园

莱麦丹圣月的周五
我做了一个长长的梦
梦见姥姥的后花园
开成了月亮里的一只粗泥瓷碗
所有的花魂
都在诉说姥姥的故事
耳房里没有香油
姥姥拿着羊尾巴摸了摸锅底
烙出一个香甜的月亮馍馍
我和弟弟的眼睛
忽闪忽闪地发光
馍馍的缺口
咯得心疼
灶洞里没有焦炭
姥姥拿了捆麦柴
耳房像失火的天堂
姥姥伸手摸了摸我身下的土炕
那席粗糙的土坎

暖得烫心

流浪儿没有冬衣

姥姥拿出妈妈当年出嫁的寒衣

裹着一个温热的馒头

那粗糙的碗口

挂着满满的眼水

如今月亮将我唤醒

就在闭食之前

我虔敬举义

我的养主啊

请将这月华之碗举过头顶

慢慢将姥姥的后花园拼回人形

我好牵着她回家

看看亲人

妈妈

妈妈
这些年我一直都不敢这样大声地呼唤你
怕叫疼了每一个角落里没妈的孩子
多少年来
他们奉着你坚毅的双脚
苦苦跋涉
高扬着你圣洁的灵魂
熠熠前行

妈妈啊
风雨中失语的我实在想画出你的模样
襁褓里恬静的婴孩吸吮着你香甜的乳汁
蹒跚学步的幼童牵挂着你结实的臂膀
执拗倔强的青春期少年对峙你温柔的目光
血气方刚的汉子背起你耄耋之年的身躯
俊俏的女子挽着你的双臂款款而来
临行前儿女怀揣的针脚和叮咛
归家时孩子口中那抹香甜的回味

还有田间村落袅袅升起的炊烟
邻家桌上摆放的那一碗你的味道
人群中我终于找到了你的样子
我多想啊
花下甜蜜的热吻你再给我一个
月下温情的抚慰你再暖我一下
还有阳光下闪烁的汗水再让我轻拭一下
再让我倚靠在你的怀里昂起骄傲的眉眼
让我大声地冲你叫一声，妈妈！
你也会温柔地回应一声，哎！
我也曾在无人的时候唤醒过你
拜毡上虔敬地举义
月里素心地做活
清真寺里悠扬的邦克声涤荡
梦境中你皎洁的面庞
我都一一用目光和你紧紧相拥

可如今我只有痴痴地
想啊
念啊
我的妈妈

暗香

你将你的一生
写成颂歌
四处吟唱
我在文字的韵脚里
寻找自己
多少个夜晚的吟唱
才走进书中
而你却从扉页中出走
离你越来越远了

浪花摇着白帆
我在骇浪中嗅到了你的芬芳
岸上
你的乡情湾在心上
恬静的新娘歪斜在你的肩头
俊朗的眸子里倒映出纯蓝的天空
你的神采被我雕塑成了一束荷
清逸的

幽香的

遥遥远远的

我坐在飘摇的桅杆上回荡

太阳轻蔑地用余光翻动着我的眼睛

我觉得身边的世界

白了又黑了

芬芳却依旧在我的心头弥漫

有人说

这就是命

这话仿佛戳在我的心上

是啊

茶与咖啡

电影与歌唱

书与行走

泪与沉睡

这都是想你的方式

无法停止

无法停止

而你

神祇般的被高搁在我的心上

散发着淡淡的罂粟花的幽香

圆润 虚化

坚毅 温婉

雾和海洋
山川和原野
到处氤氲着你的光彩

周五的圣日
我就这样再看
沉静复古的侧影
你
只在乎你的颂歌
浅浅地笑
稳稳地走
大大地书写
关于爱
关于信仰
而我
跌落迷香
瞭望悠长

水·殇

人们奇怪地看着我
却不肯拉我一把
其实我在等日落
桥墩上挂着的我的一双脚
怎么都不肯与我并列
就这么吊着
河水是想看一眼爱人吧
才会漫过我的嘴唇
让眼睛露在河面
我终于可以大口大口地将河水吞没
太渴了
这半世的尘埃
竟将我迷离了这么久
也将我埋没了这么久
今日终要恩泽于我
不过
我还是要等到日落
去看看我迟归的孩子

告诉他们

弦月之上将我的双脚收好

不要再让她跋涉

这苦旱的人生

一眼溪流

须承认

张着缺口的溪流

因为一个声音

以为抓住了整个江河

只要相信

那么浩瀚的地方

怎能不是爱情

就会漂流

从一溪流

到另外一溪流的交汇

知止

凌波走向夜空之晨
黑暗才刚刚开始
此刻千里之外
云海之巅
你才从寂静中一跃成行
我倚在床榻上
没有谁的眼睛能将我怎样
只有你
你时刻准备点燃我生活中的火灾
我嘬了一口良药
多么精美的容器啊
端给我紫色的天际线
药沫拧着一缕白发
你和我有方舟驶过的沉默
牛郎和织女扮演着幸福
我品尝着自身
躺下
一个多么煽情的热吻

你总是你

我依然是我

知止

火灭了

忘记

这些天，我走不出那潮热的人海
异域的风就是浪
浪却是整个思念的潮
一袭一袭地合奏生命的感动和眷恋
心海间
一句好好爱自己
呼啦啦地吹来
吹皱了我的纸
一行千万里的话语
皱在一起要我忘记
如何忘记?
大风大雨里匍匐于地的身躯
你将我裹进拜毯里
细细打量罪孽和忏悔
如何忘记?
风和日丽赤膊向阳的灵魂
你将我捻进执手相亲的念珠里
深深意欲安康快乐

如何忘记啊？

义无反顾的余生我放下追逐的笔

书写忘记

如果我先走了

如果我先走了
请你把我的气息从你的鼻翼轻轻吹去
从此恬静地呼吸
如果我先走了
请你把我的味道从你的脸颊慢慢抹去
从此清纯地面对
如果我先走了
请你把我的呢喃从你的耳畔缓缓丢去
从此深情地倾听
如果我先走了
请你把我的亲吻从你的嘴唇淡淡散去
从此热情地交谈
如果我先走了
请你把我的温度从你的胸膛渐渐地冷却
从此温情地暖着
如果我先走了
请你把我的抚慰从你的心灵悄悄地忘却
从此隐忍地爱着

如果我先走了

请你把我的一切都交给时光

悄悄地

渐渐地

淡淡地

缓缓地

慢慢地

轻轻地

都会没了……

光芒

太阳出来的时候
天空轻轻地藏下了一个人的叹息
那个和太阳有同样光芒的人
不会只给你影子和你自己

一句话

信差早已无身影

风悠然地关上了所有的信柜

想说的话都在信柜外徘徊

淡淡的清阴在微笑

我却不自知

那天南风沉静地扶着我的肩头

“你且别说那句话”

……

虔敬地相忘

坟茔旁开满温善与恬美的百草
密密匝匝地将我缝进虔敬的长河
面纱之下
缀满星星
就这样
我想与你隔着银河
两相忘

练习曲

让我们分享光芒
目光朝上
倾听伟大的练习曲
母亲的小清新
透明的小情人
亦如父亲心尖上的晨露
从爱的光线奏鸣
我们不多说
紧紧搂着一起
寻找观众
必有人重写音符

味道

真好
这样的日子
浓淡相宜
太阳踮起脚尖
从女儿的床脚
悄悄溜进厨房
眯着眼儿嗅着
厚重的
香甜的
家的味道
然后
舔舔嘴巴
睡去
从这个角落滚到那个角落

偏爱（一）

与世界的道别
托尔斯泰是最偏爱你的一个
死去吧
活着
就是在亵渎你的美丽
你的爱情——不在
火焰燃烧了整个世界
失陷于铁轨的夕照
你邀请我去见证
我沾染了一身忧伤
瞥见了一枝孤零之萼
云霾堆积
黑暗渐深
你选择了爱情
虚伪
懦弱
欺骗
都在梨涡深陷

执杖虔心的英勇

坚贞

无畏

刺穿夜色

世界暗沉混沌

我们都无法拯救

多少年来

多少年以后

爱之永恒

我并没有偏爱你

安娜卡列宁娜

忧伤的

高贵的

美丽的

英勇的

灵魂

偏爱（二）

简·爱

历史为你的出场安排了暖春

爱情的点缀因了你的春神

怦然心动于绿衣天使的暗语

你选择了爱之尊严

我选择了你的选择

多年以后

我和春风一起

作别往事

然后爱上你灵魂的样子

呼唤

常常在梦里
有人叫疼我的乳名
那时候
太阳下山
月亮上来
母亲挨家挨户唤我
回家吃饭
那时候我也有妈妈
喊我的乳名
心头一热
连隐秘的胎记都微微颤栗
一同应声
而今
谁再唤我
我总是不应
亦不答

婚姻

早些年
你说婚姻就像朴素的隔夜茶
乏味
垢腻
独自酌饮
还不嫌恶
我暗暗吐了吐舌头
天若有情天亦老
月如无恨月长圆

亲爱的

他们坚持说我是你亲爱的
我也深信了你编的童话
自己真的就成了白雪公主
首先要遭遇磨难
才会心甘情愿吃下毒苹果
森林里小矮人的家
你把钥匙挂在心上
我怎么努力
还是回不了家
于是
人们也相信了你
病树
秃墙
旧篱笆
倒映出萎缩的光
我在晕眩的天空
做着半明半昧的梦
你是我亲爱的
亲爱的童话

我爱你

我爱你
人们都不再说这三个字了
当爱在人间弥漫时
我念念有词
那时候
心爱的人儿
多么纯粹
多么执著
一句："我爱你"
灵魂和眼睛一同睁开
打动人心

远道

父亲打来电话

儿啊，我又睡不着觉了……

我提着包儿

如飞地跑下楼

挂号

排队

买药

绿色处方上赫然写着：失眠

长期失眠吗

偶尔

是笑着回答的上半句

多大年龄

是至终没有说的下半句

二月

还是三月

隔得太远

丝乱般的心绪

束着回家的远道

弟弟

你怎得只顾前行
不肯回头
那些年
手持弹弓
唱着儿歌
偶尔也尿尿和泥玩儿
我从窗内突然望见
爱怜的眼泪
已流到脸颊
天真的年代
赢得了我几番回首
你只顾前行

麦琪的辫子

我相信爱情

已经进入到中年

不惑

欧·亨利的金箔

开满粉色的蔷薇

麦琪有那么美那么美的金发

我用一把金发梳梳走了贫寒

杰姆胸前挂着金表

我让时间永远停留在了圣诞前夜

我迷信礼物——美丽的蔷薇花

花开一夏

蒙娜丽莎的眼泪

我无法召回清凉之夜的初见

也无法召回诀别之后的无言

谁也看不懂你的微笑

新贵的娘子

丢失了孩子

温柔乡

常想二十年以后
温柔乡里
我依旧是你的孩子
发际泛白
也白得活泼
想那时的我
也是含情脉脉与你相对
独坐溪边画月呢
还是侧卧在你的身旁
吊着你硕大的耳垂
哼唱一首囚鸟呢
月下的街灯都亮了
七弦琴的背景不限洪荒
鸟飞了
全世界都睡了
我在全世界的鼾声里
沉沉地睡去
梦里二十年的温柔乡
我依旧是你的孩子

爱情

当我写下你的名字
我觉得你仿佛已经不存在了
那些年
人们用笃定的信仰
追随你
崇拜你
甚至用生命捍卫你
你像阿拉伯圣寺里的星月
璀璨　执著　坚毅
亦明媚
后来你被写进婚书里
揉碎在生活的婆娑中
就变了模样
暧昧
茫然
如今，我再写下你的名字
前一笔是春风
后一笔却是秋霜

多年后

我想我还是会喜欢你被写进书后

白纸黑字的样子

干净

简单

C H A P T E R | 4

第四辑

情深

世界近到这个位置刚好，恰如我，看得见你的明媚，也懂得你的光芒。

今夜

今夜
月色浅薄
星光素颜
倔强的出门
没有理由
傍徨和执着交替
一切都是这样
一切就都这样
静谧的行径
来来回回
一个人的世界
没有告别
不要告别
越来越沉的月亮
往下往下

喜欢的时间
喜欢的季节

放空自己

望向那深邃的夜空

渴慕的眼睛追随星光

点点星星

疏离了愁怨

一处安放白昼

一处安放黑夜

世界没有其他的色彩了

秋叶坠落的声音只有我听得到

轻柔的

温情的

像夏日羽颜与我的告别

此刻

它又走进我的眼幕

高傲的

冷静的

温润的

是个思想家吧

一个美丽的声音

停在心上

遥遥远远

就在今夜

让我慢慢沉寂

从此无声

被风吹疼的心

云伸长了脖子
想看看是谁这么固执地相信
我的孩子
真的优秀
昨夜的风雨声势浩大
鸽子也马不停蹄
连月光都莽莽撞撞
推开一扇又一扇三千银发的门扉
将落榜的消息悄悄地秘泄给了母亲
这真是一个枯槁的夜晚啊
连风都被吹疼了
隐遁无形
只有母亲执剑而行
在人生的棋盘上
又一次左突右挡
谁说我的孩子不够优秀
他只不过被风吹翻了烛火
只需一个回合

心火终可逾越

熠熠生辉

那天，我一直都站在废墟旁

哈根达斯的冰激凌
我吃了一半
踉跄的深喉
吞咽畏寒的冷
就在那一天
我站在你的窗下

你说那是一具废墟的魂爬上的玻璃
可是我分明看得见烟火
熟悉的身影
陌生的表情
哪会爱上废墟游走的尘土
每个城市都有伪命题
关于它本身
要么颠覆
要么重命名
谁的骨头是硬的
只不过是陷落的城池

你是那只华丽睡袍上的一粒殷红

那天

我站在废墟旁

硬生生将那只哈根达斯的冰激凌吃完

男人·女人

一个秃顶的老男人
窝在沙发一角
刚吃过饭
肚子圆鼓鼓的
嘴巴却还在不停
男女饮食

瞥了一眼厨房
顶着抹布的女人
饮食男女

五月

婉婉清美开在五月
雕玉帘额映相笑
聆听雨露
回放晴暖
就连唇间的风儿
都带着芳香
阳光
空气
月亮
还有星星
我和你
都跌落在流年的砚台里
泼墨如新
若歌盈袖
这年这月
无果只是艳

你的名字

——致华 Uncle

一角温暖的时光里

摄下你的名字

从 A 小调的沉郁

滑落到 F 大调的昂扬

在相对无言的舞台中央

伫立着你的名字

一如你不能被代替的光环

抽取了海洋的一抹不曾有的纯蓝

静谧

文睿

而我仿佛看到了梵高的向日葵

温情地开放在孩子的心田

又像是

从唐宋古朴的石板桥下

叮叮咚咚

敲在孩子眉间欣喜的一缕清泉

以固执的方式

撰写灵域的科幻疑情

燃烧了不曾有的暗哑和羸弱

我把你的名字

想象成了故乡的河

疆域辽阔

彼岸是抚慰人生的灯火

河岸上的孩子

成为你名字的底色

荡起深意的雀跃欢呼的潮

（华 uncle：宁夏著名儿童文学作家：赵华）

老师，感谢您

所有的时光都那么美好
三十二年前的九月十日
三尺讲台
怀着温柔睿智的情怀
用信仰和品格嵌成一行七彩的题词：
人类灵魂的工程师
走过这里的每一个人
都染上无名的憧憬

所有的时光又那么匆忙
三十二年后的今天
仄窄的世态
你苍白的指尖理着灰色的双鬓
紧紧拽着时间的衣袂
把晨曦剪成夕阳的余晖
揉进自己无私的胸襟
凭着青春和情爱的力量
一季又一季

一届逢一届

把自己站成无语的灯烛

祭屈原

你将楚国怀揣在心里
纵身一跃
裹着江水的哀鸣
血溅《九章》《天问》《楚辞》
两千年来你一直被江神收留
世人在江边拾捡你遗留的爱、信仰和无畏
我却收获了蜜饯般不朽的诗魂
因为你
我有多爱它细腻的措辞和符号
因为你
我有多爱它悲壮的故国愁思
也因为你
我也更爱它铮铮铁骨和脊梁

可爱的三闾大夫啊
水劫之后
青青的荷叶似剑
幽幽的艾蒲如冕

裹一条水殇的头巾

打一个凄漓的情意结

包成高贵、香甜的粽子

把端午节的咽喉哽住

以宋玉之悲恸

为你的天问一路招魂

人们等待一方舟子

携你归来

归来

默·默·默

逆着时光的岸
目光泅渡到战火肆虐的家园
我是有多不忍
我可亲的兄弟啊
千疮百孔的战衣
如今都已披挂在山脉河川
说不尽的奇秀和芬芳
但也充满了悒郁的仇恨
已经七十年了
在又一场战争后
我们的弹箱在哪里
街角？床头？还是手臂坠落的手机？
我没有参加过世界的后退
退向那无根的城堡
等荒芜成河
阻塞了战争的车轮
我一定上前用清洁的泪水冲洗它们
毫无保留地倾其所有

像解除禁闭时的眩晕

狂吮着祖国的硝烟

在我亲爱的兄弟们的黄金时代

默 默 默

落叶和风的故事

落叶和风的相遇
是季节在闲暇时随手抽下的签
彷佛两粒浮尘
不经意的碰面
然后再见

在这黑色的夜晚
音乐缓缓响起
那些旋律在风的心上水样流淌
也漫过落叶的心田

九月的风有些昏眩
微凉的夜气一点点侵蚀它的肌肤
那些浅笑的言语
驱散众多的孤寂
有些厌倦这个沉默不语的秋天
习惯在落叶的欢笑中
把白日里内心的皱纹一点点展平

隔着时空的落叶和风如果相遇
没有刻骨铭心的思念
花影摇曳中读懂风沉重的叹息
黎明的太阳下落叶就各奔东西

那么，没有惆怅没有忧虑
它们是夜空中两颗星星
用目光和会意的眸子交换心底的愉悦
天亮时蛰居在心的一隅
那么，关于风和落叶的相遇
不必忘记或者牢记

秋雨

最后的一场秋雨
一定是走丢的雪孩子带来的
它敲打着我的窗棂
任性而又娇嗔
我沉睡不自知
清晨
我离开松软的床
走进秋雨
深情地
专注地
亲吻它
爱恋它

雪

失控了

一定是

错过澎湃的云海

鼓起勇气

收敛了稚气、羞涩和胆怯

跌跌撞撞披上银光

你就来了

树挂上未曾褪去的暗绿

早早地收拾好颜色爬下树干

原野上无名的花折叠好衣衫

迅速埋进泥土睁大眼睛

我也掩起耳朵静静等候你

落雪无声

一片

两片

一片片

世界都在欢迎你

包子

瞧，你的手指多像多余之物
偏偏爱上了骨折
从三千弱草那里剥离的
还有你的肋骨
那些年你把自己包成多汁的包子
苦味的
酸味的
咸味的
也曾尝试包个甜蜜的包子
可是总漏掉了很多口腹蜜剑的热情

她（一）

即便走得很慢
我还是走到了你的身旁
悠然地坐在水光山色之间的深秋
只要光明照在她的身上
我们就会看到她在光影里做着什么
时间打磨着她的青春
容颜和美丽
但她真的不发问
不怨望也不怀疑……

她（二）

罗幕轻寒
燕子去罢
明月亦不谙世事
斜光穿晓影儿孑然
欲寄信笺
山长水也阔
浅笑地隆田畦
柳絮清扬
遥遥恰对人面
轻凉
满目山河莫辞旧
更怜眼前人
锦年劝作独行人
她
梦也依依

痒

只等月色上柳梢
约瑟夫心中狂喜
笑眯眯地捻着唇上的髭须
眼皮上染着青色的黑黛
选中姜黄色的纸巾
腕臂香气扑鼻
三月沉醉的轻风
玫瑰园里出没着药味的芳香
不听话的蝴蝶自作多情
随心所欲地嗡嗡歌唱着

在婚书的禁令中
黑夜最经不起人影对视
阿廖沙欢乐地跳跃
像疯狂的舞女飘荡着缀满假饰裙裾
声音的甜蜜羞赧了叶的私语
搅起了缠绵的情意
约瑟夫脱下了长裙

吹去了眼迷心醉的披肩

今夜怕是魂消魄散

不能生还

欠

我回头望了又望

默默低下头去

这一生多么短暂

我用两秒钟说完“早”“晚”

秋天的向晨之日

浣洗沐浴后的我

换上素洁的衣衫

捧着焚香的金炉

亲手点亮老屋

一行行你的目光

我坐在门槛上低下头去

那最后的供养灯烛

是天上的街灯

欠了一双赎买者的眼睛

界限

岸
举着高昂的 C 调
四下弹奏
玻璃罩内
两扇开启的门
昂扬者留下青春的水泥
重建星空
失眠者用太阳取悦天空
在无名小调的尽头
我握紧拳头
不退也不进
界限如此耀眼
有人被流放
有人被圈养
我站在原地

一面

晚霞用细碎的目光看着你
我从你的身旁路过
染了一身绯红
热情似火地掉头
又回到了你的身旁
重逢
爱和温暖

太阳

下雨天
我偷偷地把你仰望
湿漉漉的心事
还是被你瞧见了
温柔的召唤
像爱的抚摸
我慌里慌张地走了出来
身上披挂着你的温暖
心儿荡起蓝莹莹的云帆
一些寒冷
一些忧郁
都成了身后的微澜
淡了
散了

那个看月的人，内心低吟

天色暗了下来
她又出门
换上一身绯红的内衣
——那是他深爱的婚装
一如当初他迎娶的新娘
月色清丽亦明媚
她记得他说过
心肝宝贝……
对着月亮低吟
换取她的宽恕和罪孽
到底会是什么
哪怕此时
对着月色
一遍一遍修葺她的坟墓
他解开她的胸衣
月色煞白
对着月亮
他不像个温润的名士

吻过的江河流成细沙

爱过的草木陷落成土

她像一匹俊逸的马

驰骋银河

缥缈

虚幻

这个映月回家的人

内心低吟

CHAPTER | 5

第五辑

未了

纸上的流年映射于眼中，在悄然无人的时候折水而行——永无止境。

想念

冬天
西北风开始呜咽
寒冷酷似中药
深入骨髓
也无法治愈
这要命的思念
神经奇崛
想把亲人都忘掉
月明稀疏的夜
这病就悄悄嵌入心脏
一个个孤独的灵魂
还有灵魂上
深深的落寞
再也不想在病历的那一栏
填上无法治愈
我和他们都在墓地相遇
相遇是为了
更深的想念

婆婆

我一直不想提起这个女人
这个和母亲有相同乳血的女人
不想提起的还有她的过去
仿佛那都是我的过去
我去看她
她越来越矮了
话也越来越多
偶尔会忘记我的名字
我的模样
瞪着大大的眼睛
细细打量
我又长高了
不只是声调
还有小腹的伤口
只是现在的我
不再是初次见她的那个我
我也不想记住
那个将她变成了婆婆的我

她给了我两个剥了皮的新核桃

我尝到了涩涩的苦味

我没有儿子

做不了她的样子

猫先生

被迫进入我的世界
陌生
怯弱
我需要弹去满身的泥垢
放下晦涩的语言
还需要切断忧伤的神经
一双徒劳无获的双手
才能迎合你

你在我眼下的每一个对视
徐缓的走动
优雅的转身
恬静的嗜睡
还有疏离的眼神
都不知道在忙碌什么
我偶尔回来
像五月的候鸟
你所熟知的

口含蜜糖的主人
我真的只是一个远客
混夜无知
你呼唤你的爱人 同伴
先于我喊出了我来不及的悲伤
晨曦将至
我做了回强盗
衰老
浅薄
粗糙
也迟钝的强盗
而你不逃
其实我想把我爱过的
重新再爱一遍
那么容易失去的爱
面对你的依恋
我有时感到羞愧
天空和浮云
皓月和星辰
是你一点点吃下去的
我越来越小
你越来越大
一个庞大的惊悚占有了我
世界都消失的时候
你占有了我

我真的爱你
爱你额上点点的暗黑
爱你黏湿的舌头
爱你爪印的惊喜
和你绝望的嘶鸣
还有你的纯白的灵魂
一千零一夜
有个身披霞光的诗人
指着我说，放了他
你的谎言超过了你真实的爱
我牵着他
喂他，戏耍他
来不及悲伤
和来不及的欲望
心中猛地一疼
也猛地一狠
放了他

乞者

苍白无力的乞者
落魄在热闹的街角
躺在巢穴里的善良
在冬眠
有人看到天堂的信笺上
惨烈地书写
末日的罪孽
没有人去浏览
冷漠包围了这个世界
恐惧伴随着人来人往的看客
明知天终归是要亮的
乞者依旧天真的希望
夜，不要黑
前途漫漫
不敢酣睡
眼前的钵碗空空如也
我一直在想
你的存在

本身

会超越你一生的罪孽吧

我放了一点点的良知

在你的面前

我竟然和你一样

乞讨着你的感念

……

路痴

真美啊
我迷路的样子
多像天空中喝醉的云
与原形背道而驰
那伪造的喜悦
在风中
都轻轻地
轻轻地
碎了
这世界
再也没有什么能够将我
深深地
深深地
伤害
因为谁也不会知道
自己最终在天空中到底长成了什么样
羔羊
还是豺狼
迷途难返

灯烛

真的不想啊
在这夏日午后
将自己的灯
涤濯燃尽
好似焚身济世之意
可我又真的难受
也生硬的疼
听到你坠楼入地之时
轻轻地叹息
败者无名
……
其实
谁又是成者为王呢?
我们都只不过是在人生的渡口
遥望另一个我
仆人
和我的另外一个
孤独的仆人
而已

花的心事

关于雨夜
飘落的花
未必比枝头炫美的叶知道的少

阳光下争得灼烧
风雨中拼命绽放
他拒绝摇摆与虚荣
一路娇艳地走向痛苦的绝地

一树阴凉
拥有光鲜的名字
因此被获许一生遮天蔽日
在落入土地也沃野四乡

关于名声
一朵繁花的声音
未必比树弱

而在命运的掌心

一树站成了荣耀

又一朵站成了卑微

虚度生白

锅子里冒着白气
孩子端坐在书房
沙发里永远都卧着一个旁人
从这头挪到那头观望
你对着厨房里的窗子哈气
使劲地张望
此时
我们是同一个天涯人
那个趴在你窗子上
张望的女人

舞台

那天，披上锦衣
躲开素心
湖上是漠漠的烟雾
我走上灯明人静的舞台
明月相觑，星星戏弄
台下目光纵横写遍虚度
在每一个角落
每个舞步到达的地方
我袅袅婷婷
做一个月下独舞的舞娘
匍匐
躬身
最后飞起来

霾的爱情

夜色仿佛在沙发里微醺了
慵懒的姿态窥视夜幕
路灯映在窗玻璃爬动的薄暮上
那些一闪而过的
金灿灿的
正是雾霾的爱情
因喜欢你
借你的光芒
瞧见了从未见过的世界
淡了
散了

无题

想

一束光

荡进来欢唱

等

一个人

走出去流浪

我

从来处来

却无法从来处去

听雨

花对叶子说
雨是我裙角的流苏
教我鲜亮的摇摆
一会儿落下

云对风儿说
雨是我唇边的痴笑
帮我风化雾霾
一会儿散了

月儿对星星说
雨是我油亮的梦呓
替我诉说寂寥
一会儿醒了

脚步对岁月说
雨是我的轮回
载我跌宕苦难

一会儿没了

你对我说

雨是你的想念

我都听进去了

那个徘徊在一角

孤独而忧伤的另一个自己

合欢花

须仰望
才能看到你纤弱的身躯
像一把把沉吟岁月的风扇
在最盛的夏日
扑闪、细碾过于猛烈的灼热
你将绯红的骨血
献祭给爱情的歌者
从白昼的欢唱
到月夜的暗哑
一张一翕
只有我懂得
你是如何将汹涌澎湃的心事
隐匿于看似虚弱的折痕
还有无骨的谦卑
我在六月的清晨
轻轻地
轻轻地
举起枯萎的虚拟

失落地将你夹在爱情的书签

细细地

细细地

吻嗅暗红的每一道细纹

你多像一个苦盼亲人回家的女子啊

将人世的苦寒渗入灵魂入药

解郁、怯燥

这个不可一世的夏日

变得清凉、明快

因为你，只有你

我才会喜欢夏天

微信时代

我是长在你心尖上的粘液瘤
在被确诊的那一刻
你决意将我剔除
没有丝毫的留恋
留恋什么呢
我有点忧伤
我是一点一点
一个细胞一个细胞
包裹你的哀伤和孤独
我也曾经参与你所有的快乐和幸福
可又能怎样
有什么值得留恋的呢?

下午七点三十分
你交代了时间的白衣天使
将我剔除
在被剥离的剩下最后一丝气息时
我以湿漉漉的速度

清爽爽地与你道别

我终于不再受困于你双手的秉持

也不再觊觎你双眼的顾盼流离

离开我以后

你将孤家寡人

你没有爱的河流

根的缠绵

随着心脏一起生生地

生生地陷落而荒芜

而我还会长在别处

直到将他窒息

我引吭高歌

我欢欣鼓舞

我的存在

竟是百年前的罂粟花

妖艳 迷醉

也沉醉不醒绽放你的床头

窗外的阳光

窗外阳光睡了
我看见了自己的影子
拉长
摇曳
书架上蹲着一只猫
蓝色
恬淡
迷离的眼眸
疏离了我和我的世界
拿铁的泡沫
冲淡了
时光和时光的距离
没有什么能打扰我的世界
轻轻地
慢慢地
窗外的阳光醒来
走在自己的路上
是半首法国香颂

地狱

整个下午
你都想睡
睡到天堂门口
有谁能拉你一把
地狱之门毗邻脚踝
骨折的话绵软无力
说不透
万劫不复的地狱
徘徊又徘徊
不知如何是好

时光

我害怕时光
他总是偷走我所有藏了又藏
捂了又捂的温热
在我余烬未燃的怀里
偷偷劫走我的青春
还有我的至亲

我也热爱时光
他总是留下我所有悬而未决
出乎意料的温病
在我无法自愈的心房
悄悄播种光芒
还有我的新荷

困

把心里放不下的都放下

直到放不下

困住自己

微光

是谁关上了所有的光
让世界沉睡
喧嚣沉睡
寂寞沉睡
贫穷富贵都沉睡
连爱也沉睡
可我总觉得应该有微光
照亮了我
不然我为何如此光明

致

如果有这样一个被秋天染过的小径
啊！旅人
请你走出你的沙田
晨尖的露珠已经消散
远伸的枝梢已经茁壮
从来不能触到的天空也深邃湛蓝
一切都在静听小径的歌颂

简单的

简单点
生活不是琴键
被拉扯弹拨的傀儡
我们都已经忘记
忘记
最美的都是最简单的
微笑
阳光
空气
还有你的小酒窝

嘎西莫多的礼物

敲钟人有古巫的招魂术
吉普赛舞女依恋苦渡的钟声
水枕一觉的侧影
我害怕极了
丑陋的青髻和面儿
苍白而难看的脸
余烬却是璀璨的星海
毁灭
敲碎了一切丑陋的魂魄
四十岁以后我不再接受美丽
俯首你的悲悯和爱
是我此生最好的瞻仰

站牌

没有永恒
都是过客
羡艳你的包容
也嫉妒你的绝情
谁也不能成为你永恒的座上客
经过你的人
行色匆匆
神情落寞
告别又重逢
在下一个驿站
等待失去爱
收获爱
最后挥挥手告别爱的模样

憩园

梦里依稀是客
崭新的篆体“憩园”从故乡的门楣上打探青春的下落
翻新的青石板上
十六、七岁的脚印踩出了你、我的样子
希冀，张扬
纸窗中嵌着的点点余香
花厅里红黄白的三色小草
厅台下将舒未舒的合欢叶
屋旁檐角的槐花
村舍灶台的枣花蜜，艾香，榆钱饭
以及曾弯身下探秦水的清凉
趿脚拓画的烂泥巴
夏至长夜呢喃的果实和他甜腻的新娘
都让我想起
憩园里仰首向天的那群野孩子
……

十字路口

徐携旧岁

烟花灿然

向东

向西

向南

还是向北

每个路口都站着盛装的文人绅士

手执豪书

垂直的夹角没有丝毫罅隙

让我抒情

灯火喘息的间隙

我慌张地选择了一条

再无回头之路

CHAPTER | 6

第六辑

青春之歌

青春年少有太多的感情，就这样经过渐次否定，最终失去了颜色，我们所怀念的，都不能一一握手言和，生命中再也不会有如此澄澈的心境，与我们的十七岁相遇，那些因为青春的错误也变得美丽而又难忘，他们曾经那么倔强地来过。

青春之歌

1

当她用新编的无名小调唤来一缕秋风时，我就喜欢上了她。十月的天空之城是沉暗的，人们疲倦地拖沓着双脚，携带着所谓的名利穿过大街小巷叫卖，我躲在逼仄的田垄上，黄绿的麦田上掠过南飞的大雁，后面是追赶他们的落日，消失在模糊的无边的甜蜜的热恋中，就这样她穿着长长的白色的裙子，笑声漂浮在空气之上，清丽的笛声悠扬，仿佛从鲜花盛开的院子里采摘了所有的芬芳的悦音向我走来，我愉悦地接纳了她的明媚。那一年，我们都十七岁。

2

没有人会相信我会在年少懵懂时那么喜欢她，我的诗人的虚荣心，我的诗人的嗜睡症，我的诗人的绝望地。她的声音把我的一切装饰都卸掉，那些关于青春的心愿被我藏在我的心里，如今因为她，我复杂又单纯的、阴郁又明媚的、骄奢又卑微的、不屑一顾又刻意在意的一切都像多弦的古琴被她吹出音乐来，简单而明丽的青春之歌。那一天，她站在舞台中央，周身闪耀着金色的太阳，欢乐地跳跃着层层波浪，耀眼的裙裾，美丽的身形……那一刻，青春的完美都做了她永生快乐的观众，那双手不朽地安抚着青春灵魂的小手也安抚着我的心，安抚着我们的心。我仰望的眼睛，也含了眼泪。我知道因为我也是歌者才会在这一天走到她的面前。

3

我接到了青春期张扬的请柬。那是莲花开放的日子，我不由得心魂飘荡，应该是我啊！有个邀食帖，用简餐素心好好款待她的啊！难道我的花篮是空的吗？花儿没有采摘过吗？夏天已过，我却忘记了玫瑰园。我含忍着，将息着，有一段忧愁来袭击过我。从午睡的梦中醒来，觉得秋风里有一阵奇香的芳踪，那是你的无名小调。声音冲破天空像云的天使，那是你的声音，你的音乐，要我在丛林繁花中盛开怒放。我的家门终于开了，开着，莅临那个也不再要梦一般的走过的我。我的玫瑰园里妈妈是辛勤的园丁，那里没有给予我任何的一朵自由的芳菲。

天刚破晓，我就骑白驹而行，路途很长，穿遍许多星球离你最近的音调，那需要最艰苦的练习，我多指的弹拨从心上漫过，经过每一个生人，我都要执鞭长击或下马掩面，我用秘密的脚步前行，黑夜一样的静悄悄，我躲过一切我的守望者，守护者；我躲过我一切的痴迷者，暗恋着；躲过一切自认为呵护我的亲人，我来赴约！

4

天空不再像是失望者的哀号，我从此敢大胆地好好看看它了！是你，使这眼神在清新喜悦中，更新了。我昂首阔步，撕掉了披挂在我身上几世的灰尘之衣，那耻辱的、绝密的、深重的、失望的自由，那曾经被放逐的信仰又重回故地，我徘徊了许久许久的答赠，以你的手赋我的新词。我又哭了，但是，眼泪是甜的……

5

那一晚，我深睡不醒，清晨我听到邦克声好悠扬。

唤醒我，我唤醒了。

母亲做完了晨礼。

我安静地躺在被窝里。

不知道为什么会有那么多的人愿意放下工作在原乡的篱笆外留恋?

而我也忘却了你，忘却了你为什么被此地系住，是个十足的异乡的异客，以前，很久很久的以前。

曾经有人把你放到最后的绝色里怀想，引吭高歌的呼唤，我的故人已去。我忘却了，你不认得路，我们都是没有生翼的飞鸟，需要父母的羁绊。

我心绪不宁，我是你的流浪者，你是我天涯的侠客，我们在疲倦的日子里，走走停停，嫉恶如仇。

6

独居多年的母亲，所有的门户都是紧闭的。唯有这样的清晨，它通透明朗。

我起床，没有任何声音，害怕惊动薄翼附身的母亲。她一定听不惯这样的响动，窃喜的心声。

渴望与你在一起心动的声音终日袅袅于耳。

7

时间到了，我们见面吧，我相信这是命中注定。尽管我只有十七岁，可是我有多髯的须髭和荷尔蒙。自由的鸟儿也说：“呵呵，我爱，让我们飞到林间来。”

只是只有我知道，我的翅翼是无力的，有些已经死去。我其实不相信爱情，那些轻飘飘的爱啊！多少人都趋之若鹜。那一年爸爸跟着的那个女人，他们只有名利，没有爱情，这一切都是命中注定。

8

黄河岸边，难有清澈的涟漪，石砌的堤岸上，我褪去羞涩和腼腆，探身下去，河水真的浇透了我的烘热和遐想，喧嚣的晨风闪耀着太阳的光芒，羞煞了我。我多想轻轻地抬起你高扬的额头，深深地亲吻你，搅起河水缠绵的情意。可是谁知道青春的爱啊，总是轻飘飘地，像雨又像风，拂面之间转眼又会淡淡地飘向他处。

9

六点了，夕阳正蚕食着一点一滴的锦绣家园，黯淡飘忽来去。标致清秀，闪耀着沉思与热情的光芒的于连来到我的身旁：“去啊！”我相视而笑，“不了！”在这里，我只是独自沉入自己秘密的深渊里，汹涌澎湃。我渴望把自己写进那首无名小调——身体，心，灵魂，在复调上更铿锵有力。《维洛那二绅士》里说的真好，啊，青春的爱情就像四月的天空，难以琢磨，刚刚还阳光灿烂，突然间便又阴云密布。因有了叹息，压抑也变得更深沉了。呵，是啊！

10

余晖尽散的时候，我穿上了那件亮黄色的校服，那穿起来像滑稽小丑的校服，在那一年失去了所有同学对服饰的热情，在学业压力中也失去了所有一切的快乐，我们的衣服羁绊着我们的步履。我是不是应该换一件衣服呢？以示对你的痴狂。为怕我衣柜里衣饰的破旧和折痕折叠住你看我温情的眼睛，我还是选择穿上了这身黄。我不敢走动，甚至不敢挪动到镜子前看一看，我忧郁而深邃的眼睛，清隽凌冽的身影，我用温柔低沉的声音尝试着对着镜子说：“然然，我来了！我来了，然然！”

母亲，不知道何时站在我的身后，她像个仙女，炙仙女。

对我所有神圣而威严的华美的约束，使我和成年人尘土隔绝，空灵得像个孩子，把我即将进入日常生活中所有盛大的权利剥夺了，温柔得不容置疑，在你的眼里，我是永远也长不大的孩子！可我不是……孩子……

11

哎！我不是个好孩子，我在深夜里窥探过你的哀怨和忧愁，还能够安然入睡，我是个嗜睡的冷漠者；我在白日里吮着你的体贴和照顾，还能阴郁和暴躁，我是个无情的剥削者；呵！我不是个好学生，我时常会在课堂中假寐，我无视师者诲人不倦，授之以渔，我是个冷漠的无知者；我时常会在回复中蔑视，我讨厌谦谦君子的儒雅，宁静致远，我是个虚伪的自卑者；呵！我也不是一个好爱人，只领受神圣的爱所赋予的所有，却无能去爱我所爱，所以我是无能的卑微的怯懦者。呵！我该怎么去见你？我十月的乐章里秋华般耀眼的硕果，爱人的眼睛是盲目的，青春的眼睛也是婆娑迷离的。

12

我是我生命的延续，我是我感情的传递，我是我精神的传承；我是我母亲生命的生命，我是我母亲感情的传递，我是我母亲精神的传承，所以，我要圣洁地延续、传递和传承。如今请允许我懈怠一会儿，就一会儿。我多想坐在你的身旁，用浓密的化不开的依恋紧紧贴在你柔软的心房，摩挲着你稀疏的银发，然后轻轻嗫嚅道：“妈妈！你手边的活儿也此刻不要再做了，不在你须臾不离的轻抚下，我的心其实真的不知道什么是安详和殷实，我无忧的青春会染上弥漫的淡淡的忧伤，此时正是静坐时分，和你相对，在静寂和无边的闲暇里请让我为你唱一首生命的献歌吧。”

13

当生活的死神悄然降临到你的门扉，我的爸爸亲手将门闩打开，这个貌似强大的卑鄙者，用刺耳的声音叫嚣着，怒吼着，用蛊惑人心的眼神端量着身后这个男人，你用尽此生最大的力量扣上门闩，拉了拉爸爸的衣角，爸爸不屑地将你推开，迎魔而上，走了！那时候，我所有希望的无望者在家的每个角落里流浪，像个没有原乡的游子，不知归途。你告诉我，我们的家很大，丢了的东西永远也找不回来，我第一次哭得那么伤心和绝望。我站在你金色般的苍穹下，向你抬起含泪的眼睛，那里万劫不复——无论是疾病的傀儡，是贫苦的小丑，亦或是泪眼中淡淡的人面；我躺在你阳光四溢的温床，向你询问多疑的深秋之月，那里万物不灭——无论是知识的玄妙，是身体健壮的秘诀，亦或是生生不息的精神信仰。你牵着我小小的手放到你大大的手里再也没有撒开过。这些年，我们的家难见高过我的不安，许多佳节都在静默中到来，你却热火朝天、笑逐颜开地迎，送；许多圣日的礼拜之夜，你都将弦月的叹息和呻吟在无灯中打磨得云淡风轻，抑扬顿挫地读过，高颂过磨难和命运多舛的家书，向着你过世的父母双亲。

那些酣睡甜蜜的梦里，你轻抚我额头的双手除了安抚还攥着整个家族的生命、感情和信仰。这些年，儿子才识得妈妈无字的家书这么深沉和虔敬。

14

不知何时，我开始高谈阔论，我开始标榜自诩，我开始了朦胧的幽思，我开始了狂躁不安的失眠，我疏远了你的目光，我逃避着你的温暖，我宁愿在凄风冷雨中取暖，宁愿在讥讽嘲笑中冲锋陷阵，我也不会告诉你有关于我的哪怕一点点的改变，直到我看到那首无名小调，它像极了儿时的摇篮曲，我才想到了这几年我和你的变化。我曾经把充沛的时间，用在理欲的交战里，和被遗弃的痛苦、仇视和冷漠左冲右突，被同伴荒废的学业终在这次的答卷中陷落、缴械投降，我则大获全胜。这些年我走过的每一条路，你偷偷地将荆棘和阴霾藏得很深，很深，而你走过的每一路都留下了两条苍茫的白，没有谁知道你生活的哲学竟像太阳、月亮和空气，只有我知道，我甜蜜柔嫩的新鲜生气，像花儿一样在健硕的四肢开放，我哪里会像是个弃儿？哪里会像是个故乡的远客？如今，我多想回到儿时，这个十七岁，我和你隔着所谓洪荒的代沟，迷茫而慌张的十七岁。那首无名小调又嘤嘤嗡嗡的……

15

现在，我想做个年轻的王子，从我的家门走过，而你，我的母亲将接受来自整个家乡女人的艳羡和尊敬，然后扬起你高高的头颅，对所有的人说：“我也有男人！”

16

是啊！太容易想到我的寂静来自于何处，沐风栉雨的半个身子，与我半个人身后的世界，什么都可以放下的你，不被月色泣唤所伤，不再瓜葛已经流逝的丽春和秋韵，过去的旧日子都用各自的方式爬上枝头，顺着寒流悄悄褪色和隐匿，深埋于窗前屋后的泥土里，来年那里又会开出花，结出盛果。你教我如何咽下欲望，从不追问活着的目的，童年就这样骤然停止，檐角的鸽子也没有声音，为了维持活着的安稳，你给他们装上了鸽哨，风就送来了《摇篮曲》《安魂曲》和《欢乐颂》。那些时光，你因为很多人都背上了背影，沉重的影子总和你保持不变的距离，我却没有，我一直走在你的前头，你说：“有个儿子真好！”

17

我不敢对你说，我真的也喜欢那首无名小调。我换掉了那身黄。新的一日是从黄昏开始的，还是在晨霭中起床？夜晚来了，我仍然不便起身，太沉重了！我不知道那个从童话里走出来的她，是不是也会像我一样正在这碗甜蜜的汁液中挣扎？我或许会等到黎明从鸽哨中给我一种暗示：《The Prayer》，而不是在虚无之间开启的曙光或者日暮。我应该像我的妈妈一样热爱绝望，直到希望带着泪渍以它无可比拟的欢欣降临。

18

我不认识爱情！

我也不认识爱情的样子！

我认识丁香般的芬芳是悲伤的！

我认识月上柳梢头的踟躇是苦恼的！

我只认识阿基米德的公式里寻找相识的焦点！

我只认识欧姆定律里看见你我就短路的那个符号！

我只认识美利坚合众国的语言里悄悄吟诵千万遍的那些字母！

我也只认识唐诗宋词里徜徉徘徊我心尖的才下眉头又上心头！

关于爱，这是一条远道。

19

那个时候，我又在想……

在你不经意留下的叮咛中，我和院子里狗儿，鸡儿，鸟儿一起疯长。儿时的窗棂缀满童话，我用指头拨开纸做的窗帘，看房檐下的燕巢，那里总会有几只呆头呆脑待哺的幼儿，张着嘴将风大口大口的咽下，唧唧……啾啾，我总觉得他们五音不全却智力超群，单调的音阶就是唧唧，连啾啾都是我每次后缀上去的。燕儿妈妈觅食未归，我担心他们掉落，只要将头伸出，我就会啾啾地呼喊，起初以为是我在想舅舅，这个定会心疼妈妈的男人还没有长大就夭折了，翘首远望处，总有人会会心一笑，那些小呆子也缩回巢中继续昏睡，燕儿的爸爸去了他乡找不到归途，他哪里会懂得羽翼未丰的燕子真是精灵，他们选择良善总有神赋之能，你见过所有的庭院都有燕巢吗？我每天会把纸飞机飞到鸡笼，我想象鸡长了翅膀会不会也呆头呆脑只低头啄食，他们的叫声很丰富，我每天都能分辨出哪首歌是下蛋歌，然后欢呼雀跃地从鸡笼里爬进爬出，脖子上挂的钥匙除了家门还有鸡舍之门。门前的大黄狗贝贝，多么可爱的男性守护者，我把园中长得最修长的狗尾草编成花环套在他的脖子上，他疯了似的慌里慌张，他一辈子都不会相信我会给他戴个英雄的花环，嘻嘻！我只是希望这些黎明前开的花能在夜里将劳累一天的母亲平安地带回家里。我的小脸时常埋在手臂里，梦见我的纸飞机正张着满鼓的风唱着歌儿回家，一路摇摇摆摆。

20

当水蜜桃的多汁腌制成蜜糖般童年的河提小溪，我们提着裤脚涉水嬉戏，漫过树影的日夕余晖渐渐下降，九月初秋的月山笼着小镇，潮湿的风走过荒野，我手指间的槐树叶子也终于能吹出小曲时，妈妈说，果园里的花都在地上的学校上课了，你也要去上学。可是我真的觉得那些花还没有准备好，好好学习，天天向上，他们散落在角落，没有纪律看似散漫，有的还长在山坡高高在上。他们是关闭了门在做功课，还是放学后玩耍，他们的老师也许惩罚他们站墙角，他们也许在上体育课……妈妈问我，你看漫山遍野的花有眼泪吗？我嗅了嗅，甜甜的芳香。

21

冬天一来，他们就放假了。那些花孩子穿着紫的、红的、黄的、白的衣服都躲在地下玩耍，我期待一个新的开始。我觉得学校并不可怕，那个叫先生的男人温润如玉。

22

长大一点，我时常想到黄河对岸的那一边，据说西夏权贵在那里埋葬了许多玄妙的法宝还有幸福的秘笈，我光着臂膀自门前的小沟渠渡过来，渡过去，所有的男孩和女孩都诧异地看着我。他们不知道我的秘密，我想要魔法师的咒语，还原我的故乡，那颗高大茂盛的槐树，葡萄树架下听牛郎织女的童年……

每天，等到所有影子俯卧在苹果树底下，长疯了的长草顶着紫色的花从你身边走过时，我才在暮色中被你唤回。你洗把手，匆匆系上围裙，我拉着风箱蹲在灶台边，一呼一吸，亮晶晶，火苗笼着一层暖意，你回头看我的眉眼，喜笑颜开，魔法师的魔杖其实就在你的手中，无所畏惧，无所不能。

23

母亲是个千万母亲中最普通的那一个，却和千万个母亲都一样，在黯淡难捱的岁月，借着点点的心念竭尽所能，那点点的心念阅读现世安稳人生之书的晦涩，这比任何都明亮的光芒，为我照亮了原来在黑暗中的胆小、怯懦和自卑的我，昏暗下去，直到熄灭，我心灵所有的阴霾烟消云散在那个很大很大的家，孑然于途中显得无比荒唐，他们曾经那么倔强地来过。

24

如今，我一无所求，只身站在苹果树下，树上是花海，点点涟漪掠过心头，是那首无名小调，汗水打湿我的额头，拧成水滴氤氲了我的双眼，倦意还逗留在黎明的路上，露水还在空气里打着哈欠，张着嘴圆鼓鼓地在叶间滚落，长夏的百草懒洋洋地悬垂在地面的薄雾中，我拿起铁锹将一切都铲除掉了，而你看着我满意地微笑，“儿子大了！”我看着你的眼睛没有说一个字，那是藏起的鸟儿在林间密叶中的歌唱，我也没有走近你，点点晨光渐渐靠近我们的时候，心里竟生起了无谓莫名的疏远，我的母亲是世界上最好的妈妈，却不懂忧伤的儿子。

25

我像一头荒唐的羊在林间奔走，不要牧场也不要阳光，为着自己困顿的早恋而发狂。清风是北国的清风，月亮却不是北国的月亮，高悬于天际的它让我迷了路，星辉已经在昨夜里相互欣赏，我也得到了我从没有寻求的东西，那是爱的初体验，我慌乱而犹豫，我多像一只荒唐的羊，就因为阳光的下午你经过我的身旁，带着我童谣的音调弹拨了我的心弦，我竟因这冥冥之音谢绝所有忠言谏言。

我寻求那得不到的东西，却得到了我从未寻求过的。

26

白日未尽，我还在端详着镜中的自己，河岸上花鸟的集市应该还未散，我是否应该采撷一束百合或者一大束鲁冰花？我不知道拿什么去见你，青春的思虑过于单薄，无法直视张扬的笑颜。你也许会讪笑，我心中无所牵挂，从未喜欢过什么，也从未执着过什么，我独自快乐了那么多年。今年七月，漫长的七月，我默默怀念我生命中所有的游戏，没有忆起除母亲之外的女人，我没有抱怨屡次戏弄我的谎言，没有把我对异性的美好都骗走。

玫瑰配不上青春的花冠，我须摘下这朵芬芳的百合，拿了去罢，不要迟疑，我怕萎谢了掉入泥土，青春经不起打磨，在它警觉之前，时光已逝，趁着时间还有，我采了罢。

27

这段心旅很长，很长。

离你最近的地方，路途却最遥远，最简单的音调，需要最艰苦的练习，最难忘记的也是最简单的快乐。就像那天我听到你的无名小调，我就像是个懵懂多年的旅人敲了无数遍门扉才叩响自己的家门，在外漂流很久最终才会走到最深的家园，我们的眼睛都向空旷处四望，最后闭上眼睛才会说："原来你也在这里！"这句话，融化了千股的泪泉，泛滥了整个青春的海洋，也惊厥了整个无忧无虑的日月，我迷茫而多愁。

傍晚的家园有些冷清，冷峻的灯下母亲赶制棉衣，多么寂寞的影子，儿有了心事，任我虚伪的平静，任我多绕的话题，掳走的一切，一切的过去，这个世界，有沉沦的痛苦，就会有苏醒的欢欣，我高过你头顶的其实只是我的身体，而我的心里却缩减得太小，小到连你的影子都装不下，这一切你都无法知道，我多么伪善！

27

昨晚，我听到过世很久的姥爷的召唤，一声比一声悲壮，一次比一次狂热，醒来看了看旧相册，然后礼拜祈祷，儿还是你的儿！娘还是我的亲娘……

28

放下你的信笺，脱掉那身黄，走到打开的窗前，我把所有的灯都打开，好让母亲把我看得清楚，也让自己看得见自己。风已轻轻地清扫过天空，黄昏还在沿途拾取余光，我也懂得了克制，也许所有的暗红和翠绿都必须再经过一番晨霜，才会成艳。爱的气息似搁置在贺兰山巅的诗词，而屏障般的层林绝非有意屏蔽，青春青涩的，无染的，纯粹的只言片语，都显得轻飘飘的，仿佛风一吹都能碎一地，也掉在心头。答应我，不要哭泣，相视伤心的笑颜，交换不出不朽的诗篇，这一切我都懂得珍视。我们在各自的人生纬度雕刻着早春的旋律，原谅我一再默许的承诺，太沉重！整个夏天，我都在绿荫下和阳光中做着与风雪斗争的梦。

29

今夜的风，注定会把一支无名小调从胸口唤出，萤火虫和星辉都会相互赞许歌颂，提示一个遥远的梦，我会应声附和，月色还会嬉笑着奔向门前的大槐树，妈妈的头也会靠在群山的肩上，只要她一伸手，金苹果就会掉到她的手里，所有灵魂都会架起豁亮的篝火，青春的忧郁也会穿过密林走向迷路再也不复还。那么如果这一切都是真的，哪怕我把自己的乳名叫疼。那么这是真的，你等待我，等我花圃里的百合正艳，等我将迷失的蜂蝶送回，等烛火、村舍点起火把，等我阅读完暗哑或明亮的窗口下的课本，等我与暗淡或生辉的灵魂对完话，等我将无名小调和旋成主旋律，等我将爱情带到阳光中，等我将大学里的落叶夹在信笺中寄给你，等我将你能高高捧起奉为女神，等我啊，等我载一车忠诚的信使欢呼你，那么这是真的，即使背后是狭路，前路相逢绝壁，即使是黑夜在黎明前将我赶上，即使我和大地一起沉沦，只要你能耐心等待，我会和母亲从容走向你，走向长发如带的岸边生养的你。

30

我站得笔直，体育课、实验课，无畏，骄傲还有分外年轻的昂扬的头颅，我的黄皮肤光亮透明，我的黑头发茂盛油亮，我微笑着，眼睛从老师高大的肩头滑下，我不再执拗和倔强，日历一页一页翻过，我距离高考还有一百天，再也不会忧伤。我翻开白色的笔记，那上面所有的文字都曾经五光十色，如今全在我的脑颅里开花结果。

31

校园里的那株玉兰花，没有人知道在某个春夜它正布置明媚而简短的春天，我和间老师四目相对的时候，它竟像个名门的少女，独坐于高楼之上，娇艳而芳香，灼热的喧闹在早操结束，几乎所有的同学都驻足欣赏，这南国的城市之花在热目相顾中淡定从容的美丽着，像极了我所有的老师，多年后他们的学生也会怀念三尺讲台淡定从容的他们。

时间多么匆忙，我感觉到，这一刻正慢慢消融，我的青涩而慌张的愁绪，假如不能遗忘，就让我记住，悠长，张扬，喧嚣亦沉寂的高三之路。

32

这一年四月，我看见我们都在后退，退进梵高的《星空》和曾轶可的《狮子座》。每一颗心星都最终回旋于夜空，所有的一切似乎都在转动、烦闷、动摇，彷徨和担忧，都在夜空中放射迷幻的色彩。“一个人的时候，如果天下了雨，也会学你把伞丢到一边，试一试去爱，伤害也比悲哀来得爽快，人山又人海不要错过那一个等待。”你反复吟唱……不知是哪一双手，将这摇摆的星河打开，我们的四月才得以绽放。

我听见你的脚步在教学楼的阶梯，在实验楼的走廊，在图书馆的门外，在操场和食堂之间迂回，我祈求过风，不要吹动你的五弦琴，情愫的旋律在这个季节从不落叶，只听说你会走，又听说我也会青云直上，同学都会如愿以偿。倘若这一切都是真的，我心头定会繁花似锦，那些日子我们都看不见挺直的脊背是怎样溺在深夜的混沌中，沿着莹莹的灯光，都是滚烫的热泪。青春的眼泪总是太热切而又去得快，我的人间四月也在一点点告别。

33

老师说，无法想象我们在课桌的后面，握手发言时的心情，情谊蚀进心里很深了，七月的流火在血管里一明一灭，万条江河凌驾之上的独木桥不是我们要锻造的停泊渡口，风口浪尖的夜半松涛没有你我。那么关于七月一切都只是幻想，那么关于七月的黑色就只是个空洞，我是如何教自己相信这些的，也无法想象我怎样强迫自己相信说——这一切都会好的，我们都会一起走到最后的最后。

34

我又想起我的母亲！

儿时我拽着你的衣襟跟出跟进，庭院，厨房，鸡舍，果园，菜地，你总会低头亲吻我光洁的额头，多少个晨曦未露的冬天，为了留住你悄悄隐去的忙碌的身影，虽然望月将甜梦剪成窗花让你贴在我的心上，我还是久久不愿睁开早醒的眼睛。我珍视你赶制的那双纳底鞋，惦着脚走路，生怕泥土会让它失去温馨的味道，我也珍视你裤脚整饬的蓝色补丁，生怕阳光会让画屏的情色褪淡。曾经为了五分钱的冰棍我曾向你哭喊，现在就算吃咸菜馒头也不敢抱怨，比起你的苦难，我无法仰望我的骄傲，我也不敢惊动你的悲哀，尽管它暗哑失声已久。如今我更不敢陈列爱的礼品，我甜蜜的无名小调——那首书卷掩映中唱不出歌声的旋律。我不记得你的生日，从没有人送你礼物，你的爸爸随着那场风暴而去，却不能同着潮水回还，无法给予你一个圆满的庆生之夜，而我的每个生日，你都娓娓道来，那一朵朵被记忆保鲜过的礼物，从童稚的篱笆蔓延至今，这一次，我才真正被生日礼物灼伤，那三个字我不再忘记。我饱满的指尖梳理着你苍白的额头，灵魂也自此蜕变，兀自，嫣红。

35

向往的钟声一直不要响，挂着讲台前方，一直，不响！钟摆的频率如鸟进林，辨不清方向，许多细密的啾啾啁啁只是徒劳。我不想这么早赶赴考场，那些缺口的书角道出了一大堆老师攒积的唏嘘和哀叹。我没有一次用完认真和执著，那些荒芜的分秒，不经许可伸进往事摸索，它能够翻唱出一寸寸断肠的弦乐，声声入耳，我们在准考证的黑框里略显苍白。考试委员会也许正用多疑的目光审视我们的履历，在最后的投档中微笑。时光啊，慢一些，退回到静止，连同阳光，不要剥蚀我们短暂的青春。谁也不知道，多年后，我们曾经这样轻易地丢掉了它，多年后，又将它说得这样诚恳而又沉重。

36

身后那条上学的小径寒了也弱了，稀稀疏疏来往的都是低头沉思的雀儿，明知道拾不到什么，可还是回环低飞，目光仍然习惯在空中蜿蜒，不及鸿鹄。路旁的野菊失了色彩，有些已经脱落了花根，剧痛在往心上爬去，不忍枯萎。然然说，她手所触动的地方，每一分钟都成为了过去，尽管五线谱上小蝌蚪没有变化，在时间的巨掌之下，我们都无可逃脱被它审视定夺最终的命运，从哪边走，到哪边去，是上扬高亢，还是沉郁下行，七月不会让每个人都饱满，结局有些可能是自暴自弃，像熟透的豆荚。教室里复制的表情，足以乱真，像七律或者绝句排列整齐，上课时抬头，下课时低头，课间是埋头，老师的身影就像一瞥暗淡的眼神，伶仃而楚楚可人，累了也倦了！不必再翻看日历了，高三早已秋至，寒了三分！

37

我目光所至是我无法企及的地方，笑意盈盈，风和日丽。合欢树的叶子只是在深夜一合一翕，送粉扇的女子一程又一程，不解这生命的凝重之举为什么会从古到今，从春到秋。每个从它身下走过的人都会染上一身的浪漫和多情，而它晕染的只是我母亲的苦情，任凭你如何泪流满面。我青春的盛宴母亲没有一次仓促而窘迫地缺席，如今，我如何找到圣地使我走完朝觐之途?

我摔下镜子，那一半不是我的颠倒之躯。

38

午后的阳光薄薄地敷在南墙上，庭院里母亲栽种的牵牛花半掩着脸庞，依旧等待夕阳，最早懂得晨露恩泽的，从不开花直到凋谢，它就是这样的一朵，扶起恹恹欲睡的枝条，我掰开了一支紫色的牵牛花瓣，它盛了一脸的无辜端在我的眼前，松开手，黏在我手上的是紫色清晰的经络，褪下揩拭掉颜色，我就这样轻易打开了画屏，它也轻松地窥视到我的浅薄，这一切都失去了温情。我将浣洗过的校服重新套在身上，它欢欣地显摆着色彩，忘记了我的嫌恶，阳光下仍与骄阳争色，而我是何其软弱和自私，这时候还低下尊贵的头颅。

同学们都在热衷星座相性之说，狮子座的你四周是一曲四重唱，准备这个假期将成为星座汇入记忆的银河，音乐成蔚，让向往象牙塔之巅的眼睛热泪盈眶，我也加入了这个合唱，为自己谱写一首青春之歌。

39

再也没有人比得上学霸，赢得了世界的赞赏，是智商的庇护人，是知识的宠儿，郁郁寡欢，并不快乐，一脸菜色亦无生机，应该没有十七岁同龄喜欢孤单的我们……

40

一只蜻蜓落在我的背包上，颤巍巍地趴着，似乎找到了新赋的味道，那里面不过是隔夜的试卷和日记本，不可知的音乐又在耳边回响，使我如痴如醉，我顺着秦渠边走着，河水动情而宽舒，高大的槐树将我的影子隔开变成了斜线，像描绘在春天的草坡上的浅草，我相信那里肯定有一道我看不见的清泉，汩汩流淌。对于不能开口的爱意，我怯于表达，无论如何，表达都不能失去一件平静与含蓄的外衣。我无法平静，又根本不懂得含蓄。一切都辛苦得过于美丽。

41

我决定等一场雨，校园里那条读书角的走廊郁郁葱葱，道旁的松树，裹满了灰尘的针叶也在等一场雨的洗礼。合欢树的釉质饱满的细小叶片将阳光折射到我的眼中充满了快乐，教室的窗棂上有阳光割裂的不同规则的图案，后墙的板报上贴满了标准答案和高考信息，而这一切曾经是我多么在意的快乐源泉，如今都变得不那么重要了。

半个小时过后，天色昏黄起来，大风卷积着砂砾狂走在操场和街道两旁，紧接着一场大雨倾盆而下。我是个局外人，没有要躲避的样子，看着急于躲雨而慌张的同学们，我像在看一出逃避大雨的哑剧。而我自身，或者我们自身，自以为是很清醒的又很明智的冷漠的局外人，是真的无所顾忌的吗？瞬间，我懦弱地在被雨水模糊了眼睛的时候落泪了，十七岁的这场酣畅如注的大雨，每一颗都掷地有声，有着温暖的梦想和凛冽的成长。

42

我还是决定回家，我的母亲正在做晌礼拜。我的家门是敞开的，我年少轻狂的念想，还有母亲的祷告，一一回归，让我自我的返回成为向她立地的皈依吧！

43

青春年少有太多的感情，就这样经过渐次否定，最终失去了颜色，我所怀念的，都不能一一握手言和，生命中再也不会有如此澄澈的心情，与我的十七岁相遇，那些因为青春的错误也变得美丽而又难忘。

44

总有一天，我会在天堂的门口，为自己的青春写下一幅金光，天使的誓言，坚定不移的志愿，都一一实现，没有错误，没有辜负。我的 44 页青春之歌，没有附调，只是一首母亲之夜的主旋律，然后以友谊的名义爱着的无名小调，那个住在黄河金岸一生客寄他乡的无名小调，还有那个无名小调的作者——然然。